사라진 입을 위한 선언

사라진 입을 위한 선언

신두호 시집

창비

차
례

버드나무들과

너는 팔짱을 끼고 껌을 씹는다

나는 원소주기율표를 외우다 관뒀지만
24절기는 노래로 부를 수 있다

가지들을 치렁치렁
매달고 떠 있는 나무
허공에 매달린 사람이
내려올 줄을 모르듯

우리는 스케이트보드를 타러 간다
이른 아침에 만나서
한명은 금식 중이고
한명은 섭식장애가 있고
다른 한명은 늘 소리를 내지르지만

장애물이 있는 어디든 마다하지 않았다
아침엔 캘리포니아였지만
태양은 어디로든 우리를 끝없이 떠나보내고

금문교 붉은 난간에 앉아
물살을 내려다보는 사람의

긴 머리카락이 바람을 불러세운다
풍향계는 아무래도 소용이 없었지
뒤집히면 날개로 기어다니는 벌레를 보며

너는 주머니에 손을 넣고 껌을 삼킨다
우리는 각자의 스케이트보드에 올라탔는데
우리의 고립이 이제 막 흘러가기 시작했는데

다가가는 행위

주머니에서는 늘 손을 목격한다
누구의 것도 아닌
손을 위해 걸어야 했다
안개 속의 사람들이 고립되던 무렵이었다

할 말을 잇지 못하고
시야의 모든 사물로부터 멀어졌다
이글거리는 물풀이
도시에 불어나던 게 기억의 전부였다

시간이 초침 단위로 뚝뚝 끊어지고
손을 쥘 줄 모르는 손가락들이
보폭 속으로 서서히 잊히고

방향이 모든 감각으로 나뉘어갔다
곳곳에서 바지와 양말이 수거되었다
짐들을 옮기려고 이동하는 몸을 만났다

움직일 때마다 안개가 자욱해지지만

증발할 수 없는 무게는 색채로 번지고 있었다
서로의 부재가 위태로울 때쯤
연막 속에서 네가 형성되었다

사물들을 선으로 이어주는 건 혼잣말일지도 모른다
숨을 쉬어보면
밤하늘의 깊은 곳으로 옮아가는 점들

도시의 중심에서 밀려나는 물결

무리에 섞여드는 네가 나를 기억해냈다
구분할 수 없는 손가락들이 손에서 손으로
안개 속을 떠돌아다녔다

시든 조화를

꽃들이 고비 없이 시드는 밤
네가 잠들어 있는 동안 해가 졌다
눈부심 속에서
강물 마르는 소리를 들었다

바닥과 머리 사이를 이동하는 꿈
우리는 단지 얼굴로 마주하길 바랐지만
해가 질 때마다
표정들은 눈을 가두었다

슬퍼하는 사람이 오래도록 잠에 빠졌다
오래 잠드는 일의 슬픔 속에서
푸른 목이 창백해지는 만큼
꽃들은 점점 더 어두워져갔다
바닥이라는 무덤을 예감하면서
말라가는 강물을 보고 있었다

네가 보낸 밤들이 우리에게 늘 고비였다
소리가 잠에 흘러들 때마다

우리는 백일하에 서로를 드러내곤 했다
각자의 모습이 잠으로 전달되던 순간들마다

표정은 조화로 시들었다
시드는 일이 조화에게
오래 잠든 표정이 되었다
너의 상체가 서서히 일어나

느리게 회전하던 얼굴이 그늘지던 밤
잎들이 물을 타고 떠내려갔다
낯선 얼굴이 수면에 어른거렸다

구름의 내부

먼 길은 그대를 배회하도록 만들었다
갈대들이 일몰 속의 초점이 되어
시야는 지평으로 사라졌다

그때마다 잠든 네 혈액을 관찰하고 싶었다
실내가 턱 밑의 동맥을 짚어내는지
가까스로 터지는 기포처럼 너는 심장을 두근거렸고

병 속의 물이 그림자로 번지면
벽들은 공간으로 전개되었지만
시간은 더이상 어느 것에도 머무르지 않았다

혈관을 따라 구름이 드리워질 때
빛이 아닌 종류의 점성으로부터
물은 몸의 평형을 이해하는 중이었다

푸르스름한 공기 속에서 너는 깨어났고
이질적인 표정은 기분을 쉽게 잊었다
내부는 메마른 손에 한기를 쥐여주었다

듣지 못한 풍경 속을 지나쳐왔다
듣지 못할 풍경의 건너편에서
바람은 그대의 잠에 영향력을 행사해왔다
붉은 그림자들이 실내를 장식해갔지만

처음으로 네 혈액이 점성을 잃었고
그대를 중심으로 한 실내의 표면들은
하나의 순간 속으로 묽어지려 들었다

연인들의 연인

구름의 이동을 기다리는 게 지겨워
과정이라는 말을 결국 이해하게 될까
형태 이전의 모양으로 돌아가기 위해
우리는 검은 강물 속을 거스른다
생략하기로 한 미래를 그리면서

우산이 접히면 느려질 시간을 떠올려
엇갈린 손을 마주 잡는 것보다
부딪친 팔의 진동이 각자에게 한기가 될 때
개별적으로 스며들 물방울을 염려한다

정지된 허공이 목소리로 떨리듯
청동상이 녹슬고
끝나지 않는 조각의 공원에서
톱니바퀴처럼 정교하게 맞물리는
가로수 및 가로등

그들이 정한 순서가 구체적으로 실행된다
어깨의 각도에서 보폭의 조율에 이르기까지

육면체의 조각들을 어지럽게 뒤섞으며
아무도 건널 수 없는 거리를 빠져나온다

멀어지고 난 뒤의 광장을 이해하는 일처럼
마르지 않는 옷으로 기념하는 미래
시작되는 빗속에서 우산을 펼치면

서로를 감춰주던 장애물은 전부 제거되었지만
쏟아지는 구름 어디에서든
소리만을 흔적으로 마주하고 있었다

모텔 밀라노

말갈기를 통과하는 바람들이 있어
제자리를 맴돌던 떠돌이 개는 고개를 묻고
광장에 어느새 모기발순하면
모텔은 빨강 밀라노의 초록

너를 만나면 두서가 없어질까 두려워
나는 수화기를 버리고 달아날까 하다
공중전화에서 개가 오길 기다렸어
욕조 안에서 잠들 수 있을까

소속감을 가지러 놀이터에 가곤 해
연기를 내뿜는 붉은 입술이 허공을 떠도는데
성 밸런타인 밸런타인데이의 알 카포네*
꽃잎은 우수수 탄피처럼 우아하게

떨어져 걷는 사람들의 거리감은 놀라워
상대방의 불행을 염려하면서 희생에서 소명을 찾는 삶
이란
뭘까 당기시오라고 적힌 유리문 앞에 서면

밀고 보는데 방아쇠가 있어서

네 손바닥에 전해주려 했던 모래 알갱이들이
내게서 스르르 새어나가 오늘만큼은
온통 입자라는 생각으로 빛을 맞이하는 저녁
이유 없이 헐거워질 불빛들을 기다려

때로는 뒷모습에서 서늘한 해골을 떠올렸어
네가 지금 이곳에 없다는 게 불행 중 다행일까
싸구려 보라색 벽지 속을 산책할 일은 없겠지만
포로 로마노는 유적이거나 폐허이거나

모텔 밀라노는 초록이거나 빨강이거나
말은 어둠속에 정지한 채 잠들어가네

* 성 밸런타인데이 대학살. 1929년 2월 14일 미국 시카고에서 일어
  난 사건.

증후군

없는 빛을 쓸어내린다
발견되지 않은 식물도감을 만든다
어둠속에서 말라가는 건
양초와 물수건
기타 등등

역사는 색을 지니지 못한다
등을 향해 누우면
복원된 사진으로 건조해지는 몸
주름 없는 손바닥을 편다

입체안경을 쓰고 세계를 일종의 수사선상에 놓아본다
뒷모습을 이해하기 위하여
수집된 표본을 감당하기 위하여

식물들이 서로의 눈으로 흔들리는 시간

시가지의 기억을 따라
원근을 구성하는 비

흑백이 되어가는 거리에 불빛이 퍼져나갈 때
어둠의 귀를 편들면서

더없이 투명한 장막 뒤에 숨는다
두 눈을 감추면
주름만으로 중력은 악몽이 된다

누구에게도 허용되지 않은 차원에서
입체적으로 자라나는 식물들

붉은
푸른
액체 되어 씻겨내리는 밤

요정들과

벽돌은 벽으로 만들었다

기체와 액체 사이에서 흐느끼는
나의 인형들
구체 관절들

사그라지는 성냥처럼 그렇게 외면을 배제한다

없는 게 있는 것 같다는 상투적 환상을 가지고
부정만을 선언하기로

초읽기를 시작하겠습니다

나는 열매가 줄어드는 과수원의 잿빛 딸들을 알고 있었지
칸트를 낭독하는 처녀들과

벌들
비모음들
진리의 순수한 불순물들

추락만 가능하다면
어디든 우물이 펼쳐지겠지만
반복으로 산출된 구름
굴뚝에서 솟아오른다

초콜릿 케이크로부터 연역된 의자의 끝없는 내부
하얗고 시리고 암묵적이다

리듬은 춤들로 구성되었다

춤은 혀들로 촉발되었다

나의 금붕어는 죽어서도 미묘해질 줄을 몰랐다
지느러미는 늘 수심을 궁리하지만
어항은 수족관에 있었다
있는 게 없는 것 같아서

잔디밭은 구름으로 만들었다

녹색 하늘의 언저리가 톱날이었다

탁상공론의 아름다움

우리는 탁상 위에 턱을 괸다
누구나 좋아할 만한 것들이 떠오른다
라운드 테이블 위로

예를 들어 내가
젤라틴을 부정한다면
장마가 끝나고 본격적으로
비가 내리기 시작한다면
열매는 가로수와 이마들에 달라붙고
아이스크림과 혓바닥의 유비는
더이상 불가능할 것이다

노조의 대표단은 사측의 입장에 맞서 무한한 궐기를 양
보하므로

투우의 쟁기질과
쟁취의 입씨름이
상호적이다
협상에 있어서 늘

반짝반짝 빛이 나는
사측 대표의 금이빨은
마침내

어금니를 간다
밖에 매달린 누군가는 창을 닦는다
아마도 깊은 잠에 소환되었는지
탁상 위 아이스크림은
젤라틴으로 변심한다

진화라는 단어에 대해 희비가 엇갈린다
급한 불은 일단 끄고 봅시다
우리에겐 연중무휴 가동되어야 할 공장이 있지만
젤라틴은 누구의 취향에도 타협하지 않고
주사위처럼 구르는 단어들이

혓바닥의 유무를 의심케 한다
각자의 의자는 도무지 융통성이 없으므로
모두의 원탁이 유연해져야만 한다

자신만의 허황된 이론에 골몰하는 한 시민은
시간의 정물이 된 감정들을 가지고서
탁상 위에다 주사위들을 뱉는다
형태 속에서 각설탕의 구조는 은밀해진다

라운드 테이블이 있는 어디로든 그날그날의 쟁점처럼
햇빛은 스민다 녹은 아이스크림이 솔직한 심정으로 흐르
고 사람들의 혀는 각설탕을 난도질한다 난항을 겪던 협상
이 늘 결렬되지만
탁상을 탓할 수는 없다

탁상과 아이스크림과 혀의 삼위일체 속에서
누군가 젤라틴을 혐오한다면
우리는 저마다 턱을 괸 채
테이블 위로 떠오르는 것들을
좋아한다

개들은 ㅂㅂㅂ

말귀는 프로꼬피예프를 받아적었다
피아노는 타악기의 규칙을 따랐고
사실마다 현상이 분리되지 않았다
프예피꼬로프도 마찬가지였다

개들은 ㅂㅂㅂ 가로되
리듬은 공터를 빈틈으로 채운다
비석 같은 담벼락들 사이로
바람이 통로를 매개하고 있다

  나란한 건반이 한데 미끄러질 때 내 손 바깥의 영역에
네 말의 음계가 서려 있는 것 같았다
  아무것도 몰라서 나는 늘 아무것도 모르는 사실로 남았
지만

  손등의 뼈마디들이 피아노에 화음을 주문했다
  차임벨이 열리면 서서히 철거될 구조에서

  와르르 무너지듯 개들이 떠난다 어디로든

짖던 것을 가지고 소리 없이 일제히
누락된 골목을 식별하듯

너는 잠든 손으로 앉아서 가로되
통로의 곡률을 흐르는 바람의 윤기
발설되지 못한 음지와 만난다
타악기는 자신의 공터에 전율하고
개들은 개처럼 짖기를 멈추지 않는다

원근을 새기는 싸이렌의 끝없는 오후에

우리는 프로꼬피예프를 듣는다
상기된 선율을 되뇌며
건반 위의 손가락들만 유추하기로 한다

당기시오

스티로폼을 섭렵하는 알갱이들이 있고
지면에 이르러 결정되는 눈의 구조가 있네
우리의 결의는 동시다발을 모르며

출발선상마다 터지는 화약에 어리둥절하여
연기의 성분을 짐작하려 멈추었네
망치를 세번 내리치면 엄숙해지는 장내에서
모든 의문이 해소되었지만

사태가 개별적이라면 권위는 어디에서 오는지
결의가 제각각이라면 소리가 왜 침묵을 부르는지

이 유리문은 연기를 머금을 수 있다
의지는 너에게도 연기에도 할당된 소명은 아니었으며
유일한 형체가 손으로 건너올 때

당겨야 할 문을 밀면서
밀리지 않는 문을 당기면서
우리는 서로의 실물에서 빠져나간다

방아쇠의 감촉을 기억하듯 매끄럽게
탄환 없는 권총을 의심하며
고요해진다면

출발선상에선 늘 실격 사유가 의문이 된다
우리의 결의는 개별적으로 무한하지만
문이 열리면 뛰쳐나가던 개들과
곡선 너머에서 손을 기다리는 주자들
권위적으로 퍼져나가던 연기

성장하는 간격 속에서 알갱이들이 처음으로 잊히고
너는 순서대로 유리문을 통과하는 밀실이 된다
마주치는 일에 몰두하면서

침묵의 효력이 발생하는 시점에서는
어떠한 이의도 제기하지 못한 채
낙하하는 결정들의 마지막을 지켜보곤 했다

만찬

선호하는 모국어를 방언으로 말했다
제스처가 되어가는 말은 열변을 토하고 있었다
갈수록 좁아지는 길을 걸어가면서
희미해지는 모래에 소리 지르며

촛농과 접시와 속삭이는 목소리를 맞이했다
음식들이 체중을 감당해나갔다
부풀어오르는 밀랍의 시간
당신은 하나의 태도로 이루어져 있군요
산소를 소모하던 불길과

*

　행동은 말로 인해 싸늘해집니다 식기를 가지런히 모아
두고 당신은 인기척도 없습니다 새장 속 새가 소리로 남는
일처럼 눈을 깜빡이지도 않습니다 난처한 기색이 역력한
표정은 열량을 벗어나는 빛에 중독되어갑니다 포크와 나
이프가 몸에서 떨어집니다 더는 참지 못하고 자리에서 일
어날 때 함께 춤추었던 사람들은 소음만을 남겨두었습니

다 촛불과 유리잔과 목소리의 구분 없는 만찬입니다 식탁
보가 빠져나간 식탁 위 샴페인을 귓불에 바르던 손짓은 하
나의 유일한 태도였으며

　　춤에서 벗어나려 퇴장했던 당신은 버려진 수저와 같았고
　　알아들을 수 없는 열변에 대한 보상처럼
　　박수는 늘 더 많은 박수를 불렀다
　　모국의 방언을 주고받으며 각자의 길로 돌아설 때
　　손으로 하지 못한 말들이 생겨났다
　　형식적인 몸짓들이 더 많은 춤을 필요로 했다
　　모든 무의미한 대화 속에서

여론의 기억

간밤의 꿈속에서 당신이 거론되었다
당신 아닌 것들에 빗금을 치면서 악보를 새겼다
나와 너 우리와 그대들은
하나씩 빗금을 안고 위원회를 조직했다

주름을 살피며 말하는 정치적인 방식으로
모두의 형식에는 모두의 물이
다과의 자리에는 각각의 알프라졸람이
우리의 신경을 날카롭게 조율해주었다

내가 원탁이라고 믿어온 새장 속에
울음과 웃음 그리고 노래가 섞여들 때
너는 당신을 논의의 대상으로 흔들어댔다
새들만큼 많은 종류의 새장이 당신에게서 쏟아졌다

그대들의 목소리는 하염없이 새를 부르고
박수로 미래를 보는 자의 말에 경청하면서
우리는 고개를 끄덕일 수밖에 없었다
그대의 발언이 끝난 한참 뒤에도

빛이 가시광선으로 분해되던 탁상 위에서
당신만은 논점으로 흐려지길 멈추지 않았다
색채를 앗아간 이 조화로운 꽃들로 인해
나는 우리의 눈으로부터 멀어졌지만

흩어진 음표들을 하나의 악보로 꿰어내려고
너는 모두의 날카로워진 신경을 부추겼다
우리가 흥건하게 엎질러지던 바닥에서
저마다 안고 있던 빗금들이 흘러내렸다

당신을 배제하려는 우리가 기록되던 밤
이견으로 엇갈리고 회의가 난무하는 곳에서
당신은 악보를 가지고 자리에서 일어났다 처음으로
당신만큼 많은 종류의 악기가 우리에게서 떨어졌다

자연에의 입문

어제는 종일 무너져내리는 벽을 따라 걸었습니다
텅 빈 등에서 벽의 높이를 실감했습니다
걸음을 늦추면 그림자가 길어지는 식이었지요
그만큼 액자들은 느슨하게 매달렸지만

정지에 가까워지면 모든 균열에 가담할 수 있을까요
하늘에서 거대한 돌이 굴러다녔고
섬광이 벽의 파편들을 밝혀냈습니다
양팔은 하는 일 없이 떠돌았지요

영원히 폐쇄되는 길이 눈앞에 아득했습니다
걸음은 멈출 듯 멀어지기만 해서
어제는 종일 길을 따라 느린 담을 세웠을 뿐

유람선이 남기고 간 물살처럼
등 뒤의 폐허가 흔적도 없을 것 같았지만
돌 구르는 소리에 놀라 앞으로 나아갔습니다
돌들이 어디에서 오는지 모른 채

누군가의 망원경에 피사체가 된 하루

무너지는 벽과 함께 풍경이 쏟아집니다
액자와 그릇과 컵이 모서리를 바꾸면서
오늘이 올 때까지 떨어지고 있었습니다

자연에의 입문 2

고립된 나이트들은 쓰러진다
녹아내리던 사탕이 부서지고
검은 칸이 검은 그림자로 기운다
흰 칸은 흰 그림자를 비워나가며

극장에서는 말에 관한 영화가 상영 중이었으나
단 한번도 매진되지 않았다
흑백 화면 속을 달리는 말이
필름의 일대기를 보여주었지만

네개의 다리는 번갈아가며 땅을 제쳤다
제자리에서 배경은 몇개의 숲을 요약했다

비숍은 사선으로 몇칸이든 이동할 수 있지만 기물을 결
코 뛰어넘을 수는 없으며 마찬가지로 다른 색 칸으로도

움직일 수 없었으므로 장내는 극적이었다
흑백의 좌석들이 극장을 가득 채워
발 디딜 틈 없는 순간은 필름으로 빛났다

보는 사람이 되어 나이트들이 쓰러지기를 바랐다
말의 운동은 일정한 규칙을 반복했고
무엇이 생각을 영사하는지 몰라
수를 읽힌 사탕은 산산조각났다

FIN

강에 머물던 빛은 거리에 넘쳐흐른다
발자국이 멈춘 곳에서 길은 끊긴다
텅 빈 사진처럼 모든 게 무효한 채 희미해진

말이 숲을 남겨두었다

자연에의 입문 3

거리는 시민으로 성장할 기회를 모두에게 배분합니다
비물질적인 차원으로 흩어져 있는 인류와
동식물들은 전례 없이 생략되고 있습니다
불빛마저도 안개 속에서 창궐합니다
거리에 속도만이 전시되어 있을 때
우리는 누군가로 기억될지 알지 못합니다
어깨를 부딪치고는 영원히 멀어집니다
안개는 도로 위에 자동차를 발생시키고
불빛은 속도의 방향을 추적하지만
빛이 사라지는 곳에서 창문의 운동도 끝이 납니다
기침으로 우리의 현존을 들키면
도로의 끝에서 끝으로 출몰하는 언덕들
경사가 사라진 곳에서 모두 숨을 고릅니다
바닥에 쓰인 숫자들이 무엇을 의미하는지
관람객은 거리의 외부에 군림하는지
나무만이 해발고도에 따라 흔들리는 세계
이곳에선 언약이 악수를 대신합니다
시민들 중 누구도 사회와 접촉하지 않으며
극소량의 숨을 서로에게서 전달받습니다

최소한의 양분으로 성장하기 위해
모두들 각자의 속력으로 엇갈립니다
거리의 내부로 스며들 수 있도록
불이 꺼진 창을 차례로 깨뜨립니다
가장 느리게 감기는 눈으로 추월합니다
유리 조각이 더이상 유리가 아닐 때까지
상대적으로 희박해지기만 합니다

11월

목요일만 잃는 달력들의 세기

세계는 최후의 두사람과
각자의 차량으로 남았습니다

그들은 자신의 수단으로 기도합니다
생물들이 안개가 된 세계
투명한 보균자들의 공동체를

뿌리부터 썩어드는 가로등의 광원이
거리를 은닉하고 있습니다
목요일의 파릇파릇한 무덤들을

광장은 늘 최선의 중력을 요구하지만
허공을 빚어내는 건 안개의 몫이었습니다
쌓여 있던 모래주머니들만
철저하게 무너집니다

속눈썹이 하나둘 떨어지는 장막 너머

서로를 향해 전속력으로 질주하는 차량
평행하는 선분의 끝에서 그들은 만날 것입니다
금속이 금속과 만나는 적막을 헤아리려

힘없이 허공을 주저앉는 낙하산이 있습니다

최후의 광원 하나가 두사람의 차량을 비추어
안개가 되어가는 그들의 내력을 읽습니다
중력이 된 광장 안으로
연기가 검은 혀처럼 굳어갑니다

피뢰

빛이 모이는 곳을 오래 지켜보아도
불길은 일어나지 않고
건넨 말 한마디만 사라졌다

우리가 건너야 할 강 너머로
어슴푸레한 초원과
쉼 없는 물살이 함께 묘사되곤 했다

흔들리는 추에 관심을 가지고
추의 부피와 운동에 무감각해지면
한걸음씩 다가오는 것이 있었다

한치 앞에서 떠오르던 무지개가
너의 형상과 더이상 분리되지 않았다

지나온 모든 장소에 대화가 깃들었다
허구적인 마찰이 바람을 만들면
목이 잠기던 때에도 침묵하며 걸었다

눈 안의 세계가 이따금씩 밝았고
강물은 우리를 갈라놓으며 흘렀고
불빛만이 지금을 속삭였지만

밤하늘은 언제나 불길하게만 보였다

잃어버린 말이 어둠을 조각내는 것 같았다

호명

타고 남은 너의 얼굴은 잿빛이었다

한번도 불붙은 적이 없는 것은 네 얼굴이었다

머리 한가득 연기를 품고

네가 거닐던 어디에서든 흩날리는 것은 재로 변했다

한때 너의 일부였던 표정들이

도처에 마음을 묻으려고 했다

에네르게이아

은폐를 바라보았다
움직였고
자정 무렵이었다

일초라도 늦출 수 있을까 하고
멈춘 시계를 걸고 어둠에 휘말릴 때는
영원을 기대했다
시계는 세계의 저울이므로
죽은 시간 속에 깃들인 대중들이 어디로 갔는지
눈앞을 빈 버스로 채울 때마다
때와 장소를 잊고
호흡과 맥박을 견디며
수없이 많은 상흔을 보았다

벗어나지 않고 떨어지지 말자는 말이
귓전에 생생했는데 무리를 잃었다
느껴지는 바가 없고
마음 가는 일을 저버리면서
희미한 사태 속으로 돌아가야 했을까

힘 또는 열량으로
식어가는 음악의 형상으로

대중이라는 공간 속을 나는 흘러다녔다
누군가가 호흡을 물려주어서
곳곳에 맥박을 전달해주어서
자정이 임박하면
거대한 기계로 멈추는 세계를 들을 수 있었다
모두의 목으로 타들어가는 굉음을
섬광들을

죽은 시간 안에서 내일을 깨우면
나를 조직하는 힘을 앞당길 수 있다고 믿었다
다른 차원의 질료들이 다른 음악으로 태어날 때
빗금들이 공간에 가득했다
우리에게 주어진 시간인 줄 모르고

서로의 목을 축여나갔다
뭉쳐진 힘의 부분이었던 내가

실내라는 장소의
온기와 열기에 사로잡혔다
공간에 빈틈이 없었고
눈앞으로 빈 버스가 자주 지나갔다

형상을 갖춘 손들이 공중에 하나둘 휩쓸리는데
움직이려는 힘들마다 통증으로 느껴졌다
박자와 선율이 사라진 음악 속에서
이름을 부르다 만 목소리를 들었다

얼마간의 체중을 감당하면서
누구의 것도 아닌 이름을 나는 찾아다녔다
생명을 기대하면서
이곳저곳을 유유히 걸어나갔다
자정이 지난 지 오래였으니까

튈르리

오면서 많은 점들을 견뎠다
돌아가는 일을 실행에 옮겨야 했다

연못 안의 물결은 얼굴을 놓아주지 못한다
사람들이 먼 곳에서 스쳐 지나는 순간을 듣는다
음에서 음으로

이곳의 모래 알갱이들이 대지 위를 떠날 때
불안한 손가락들은 잎을 떨어뜨리기도 했다

약속한 시간은 오지 않는다
나무 아래에서 비를 피할 것인가
누구에게 불을 빌릴 수 있을까

질서 없이도 기념비적인 정원수
위로
비는 나열되고

땅에 닿은 빗방울이 모래 알갱이들을 부추겨서

만남은 가능한 한 늦춰진다
연쇄적인 음은 물결을 이루어

벤치에 앉아서 비를 기다린다
약속한 시간이 도래하는 것 같다
누구에게 불을 건넬 수 있을까
사람들은 궁전 안으로 들어가버렸는데

스쳐 지나기 위해 더 많은 소음이 필요하다
서로를 가득 채운 순간이
벤치 위의 무질서한 모래에 귀 기울일 때

잎으로 타오르는 가지들을
나는
느낄 수 있다

횡단하는 단면

우리 앞에는 늘 우리가 놓인다 이곳의 장면은 개별적으로 휩쓸리는 나뭇가지와 번성하는 무가지의 세계 난시의 네가 저편에서 희뿌옇게 번지는 지점

깃발은 출렁인다 해일이 밀려오는 바다를 보는 시선의 머리칼로 부유하는 세력들과의 연합을 꿈꾸며 사그라지기를 기다리는 조바심으로

더없이 무력해지는 우리 앞에 우리가 쌓이고 화원이 문을 닫고 온실의 먼지 낀 유리 너머 너는 입김을 퍼뜨리며 선언한다 새벽이 막 도래했노라고

왕복하는 차량들 틈에서 정교하게 엇갈린 선은 차츰 희미해지고 나무를 건너뛰는 새들을 직접 보기 전까지 두 눈은 바다에서 명백해져

우리는 서서히 서로에게 선명해진다 부딪칠 듯 상대방을 건너편에 쥐여주면서 같은 방향으로 각자의 걸음을 멈출 때도

엇갈리지 않으며 배후를 전달하는 것 네가 기억해둔 깃
발로 새들을 발견하는 일 서서히 소리가 잦아드는 세계에
서 일어서는 단면 밀려오는 해일을 맞이하며

푸른 병

새벽으로 만든 향수에는 늘 새벽보다 많은 냄새나 소리
또는 빛이 스며 있어서 유리병을 통해 그것을 들여다보곤
했다

푸른빛을 머금었거나 푸르게 만들어진 병이었는지 마
개를 열면 어디에서나 맥박이 드물어지던 시간이 퍼져나
가는 것을 보았다

어둠의 지속과 낮의 각성 사이에 생활이 쌓였다 팔이 끝
나고 손바닥이 시작되기 전이나 서늘한 목덜미를 자주 더
듬으면서

과수원의 안개가 열매를 증발시킬 때 창문을 열었다 걸
음이 잦아드는 거리에 지저귀던 새들이 불빛을 나르고

지상과 지하를 넘나들던 날개도 높은 곳에서 움츠렸다
계절이 오고 가는 것을 보듯이 새의 눈을 통해 전망을 잃
었다

거리에는 어둠에 잠긴 것들이 많았다 검은 소매를 늘어뜨리며 흘렀다 새벽의 취향으로 증발했다 선천적인 희미함 속에서

늘어지는 부드러운 가죽가방

어둠을 갖지 못한 공은 자력으로 튀어다녔다 스스로를
뒤쫓을 힘이 없어서

무게, 모양, 색채의 성질을 구체의 바깥에 남겨두었다

생각하던 사람의 걸음이 점진적으로 보폭을 잃었다
서서히 등 돌리는 일몰이 잦아들었다

혹자는 의문으로 모든 걸음을 소비했다 더이상 낙오할
이유가 없었겠지만

공포에 질린 사람의 안대를 벗겨주어도
등 뒤를 장악한 배경은 예상 속에서 여전히 평온했다

연쇄적인 작용이 가상의 관절을 만드는 것 같았다
텅 빈 횃대가 가만히 끄덕였다

공과 함께 덤불 속에서 슬기를 배우던 아이

앞서가는 사람의 운동 속에서 예감은 끊임없이 빗나갔다
단 한번의 파도를 기다리던 저녁나절마다
부두에 접근하는 거대한 선박을 지켜보았다

캐비닛

세로로 끝없는 캐비닛에 들어가고 싶어지는 아침입니다
그곳에선 저녁을 끝마칠 수 있을 것 같았습니다

겨울의 물걸레질은 복도를 살얼음으로 만들었지요
누구도 함부로 방황하지 않던 실내
감은 눈의 세계가 우리에게 건넨 명백한 일상

그곳에서 잠드는 일은 지극히 자연스럽습니다

먼지들은 구석에 모여 흩어지지 않고
뭉쳐지는 힘으로 번져나가던 저녁
사라질 순서를 기다리는 창문과 가로수

복도에서는 누구와도 마주칠 수 없습니다
불길한 생각을 떨쳐내기 바쁜 새들은
낯선 표정을 바닥으로 답습합니다

얼어붙은 호수를 건너며 서로의 추위를 확인하겠지요
마찰 잃은 발자국만 꼬리를 지울 때

얼음 밑에서 캐비닛의 끝은 오지 않는 걸까요

발걸음이 정수리에 스칠 때는 천장을 봅니다

캐비닛 문이 열리는 아침이라면
가는 금속에 맺힌 야경을 훔쳐보고 싶습니다

6/5

없는 장소에서 그가 나온다
문을 열거나 닫고서
암시도 시점도 없이
계단을 밟으며 내려온다

그를 모르는 영혼들이 하나둘 스며나온다
바닥과 벽으로부터
샹들리에와 괘종의 기후로부터

흐린 초점에 붙들린 환영들이
올라갈 곳 없는 5층에서 수를 불린다
종이 울릴 때마다

창문 근처에 하나같이 모여들어
벌 한마리가 머리를 들이받는걸 보며
공포에 사로잡힌다
아무도 이곳에서 나가지 못할 거라고

입구와 출구가 동일한 건물 안으로

눈과 비가 동시에 내린다
문과 벽들이 쉴 새 없이 전달된다

벽을 지나쳤을 때 그는 이미 입체가 아니었다
동작들은 거리를 나누고 가지를 흔들고
건물은 나머지 영혼들을 흘려보내고

그는 없는 장소로 되돌아간다
계단에 모인 푸른 불꽃들이 사라지며
쓰고 매캐한 냄새의 벽을 허물어내도

나선의 뜰

너는 연기를 구성했고 계단은 너로 피어나고 있었다

오르내리는 일이 제자리를 무한하게 펼쳐냈다

신체가 수면의 발자국을 물속에 묻을 때

고여 있는 상태로 증발하면서 너는 질량을 입증한다

계단은 눈금으로 수위를 넘나들었다

차오르는 물이 바닥으로부터 멀어졌지만

신체는 수중의 밀실로 가라앉았다

가지지 않은 손바닥이 너로 인해 전해졌고

계단을 오르내리는 어둠의 통로를 보았다

지속되리라 믿었던 머리카락은 녹아내리고

내닫는 눈금마다 발목이 젖어들었다

네가 기르는 창문은 풍경으로 은폐되었다

연기는 지하로 끝없이 내려가는 모양이었다

네게서 시작된 원을 결코 완성할 수 없을 거야

상승하는 기포 기포들

지문이 담긴 유리잔은 서로를 충격하며 흡수한다

빛의 나지막한 소요 속에서

손바닥은 투명한 손금을 내려보낸다

나선의 끝으로부터

소여들

내가 벽에서 나올 때
우리들 중 누군가는
유리문으로 입구를 열어젖히고 있었다
나의 해명이 벽에서 점점
멀어지는 걸 느꼈다
벽은 공간인가
문이 벽에게 주어졌던가
묘지로 둘러싸인 마을 공터에서
동물들이 하나둘 기절한다고 했다
검붉은 혀를 늘어놓았고
우리들 중 누구도
그것을 수집하려 들지 않았다
한번씩 매장될 때마다 마을이 깊어지리라는 믿음
주민들은 연기를 맞대었지만
나는 凹凸의 영혼들을 찾는 중이었다
처음으로 벽에 닿았던 때가 떠올랐으나
연기는 우리들처럼 허약해 보였다
조바심에 근거한 계단들이
미끄러져 내려왔다 끝없이

잠깐, 슬리퍼가 벗겨졌어
언제든 계단을 내려오며 신발 한짝을 잃었다
우리들 중 누군가에게도 상황은 마찬가지였다
벽은 진동을 기록했고
묘지는 우리에게 고유한 이정표였는지
그 마을을 관광객으로 빠져나오며
나는 내가 일종의 유언임을 알아차렸다
열기가 뱀처럼 이슬 위를 흘렀다
진동이 벽을 기억하는지
깨어나지 않는 침묵 속에서
동물들이 침을 삼켰다
혀가 사라졌다 길의 근황처럼
나는 벽을 볼 수 없었고 아직 벽에서 멀어지는 중이었고
질문을 매기듯 가로등을 따랐다
누군가가 영혼에 익명성을 수여한 것 같아서
우리가 문에서 등장하듯
나는 혀에서 빠져나온 입술을 걸었다
질문을 찾는 대답으로 하나둘 헤어졌다

고양이 관념론

새하얀 고양이는 하얀이라는 속성을 기른다
하얗지 않다면 아무것도 아닌 고양이는
네발을 모으고 골몰하는 7월의 구름 11월의 열기구
쓰러지는 나무 곁에 아무도 없었다면
어디론가 사라지기 시작하는 숲
종적을 지우며 흩어지던 발걸음이 멈추고
전화벨이 울리면 나는 전화기만 확신한다
거실의 형태와 색채는 차원을 먼지로 기록하지만
공간을 점유하려는 사물의 성질은 믿음의 영역
하얀이라는 속성이 빛의 털실 뭉치에서 새어나온다
정오를 떠다니는 음모들은 식별되지 않을 만큼 가볍고
고양이 없는 그림자들에 대한 실마리는
해진 주머니에 있다 버려진 지팡이의 매끄러운 손등 위
에도
늘어진 음성처럼 더디게 퍼지는 의심 속에서
희미한 벽들을 선동하며 어슬렁거리는 방
목소리는 기억한 입술을 잊기 위해 건너오지만
꽃병과 꽃이 서로에게 무능한 감정이듯
어둠속 검은 원뿔의 희미한 테두리들을 가진

나는 근사한 걸음걸이에 빠져든다*

곡면을 제도하듯 차오르는 감정들의 기하학

향기의 모양을 간직한 꽃잎이 실재에 유일한

자신의 꽃을 다 바친다 하더라도 고양이는

아니다 피어오르는 향이 붉은 부채를 펼쳐 보이는 어디
에도

하얗게 지워지는데 아무것도 아닌 숲

한데 모인 네발을 감추는 꼬리가 남는다

정지한 해변을 물들이는 창백한 개념들과

사라지기 위해서만 골몰하는 과정이

그리는 붓에서 찾는 붓을 발견한다 백사장이

태양을 등진 고고학자의 입에 견고한 무덤을 만들고
있다

고양이 없는 꼬리의 뼈가 막 드러나려는 순간에

* 뽈 발레리 「시의 아마추어」에서.

사라진 입을 위한 선언

풍경은 징후와도 같은 울림으로 포착된다
더이상 호소하거나 맹세하는 일은 없을 거라고 말했을 때
문 앞에서 증식하는 문을 보았다
유리볼에 담긴 샐러드를 뒤적이며
중얼거렸다 이런 일이 일어나서 미안하게 됐다
소독과 오염이 구분되지 않는 거리에서
우리의 고해를 위한 몇개의 빈소를 마련하고서
그럴 때마다 공사 중인 화장실을 찾아다녔지
실례지만, 화장실이 어디인지 아십니까? 그러나…
각자의 의도를 지닌 손가락을 분류하여
의도에 반하는 움직임들을 수집하고 싶었다
너와 무관하게 소화되는 과일들
눈을 깜빡일 때 고려하는 빛의 요소
온순한 바퀴가 겪는 지면의 굴곡
심박수를 결정하는 사태들에 대해
침묵이 모든 걸 말해주진 않겠지만
문을 열고 문을 열고 그 안의 문을 밀면서
 방울로 떨어지는 물은 멈출 수 없다는 걸 받아들이게 되
었다

녹슨 거울이 이끼로 뒤덮이기까지
목관악기를 채우는 지문처럼
세공할 소리의 조각을 남겨두었던가
먼저 눈을 감는 사람이 눈물을 흘리는 다툼에서
우리는 서로의 충혈된 눈을 감겨주었다
째깍거리는 심장 소리를 확인하려
창백한 손목들에 귀를 가져다 대면서
왼쪽 가슴에 오른손을 올리면서
고백했다 몇번의 비명과 함께 날이 밝아오고
구겨진 신발들이 구석에서 벗어나게 되면
물이 멎듯 고요해질 선언들로 남아

섬

무익한 창살처럼 빛이 번진다
손가리개로 그늘을 멀리 펴낸다
사람 수만큼 차가워지는 곳에서
보행자의 심신으로 미약해졌다
언덕을 건너서 얼마나 지나왔을까
기절한 바람들의 비명
물이 붇지 않을 만큼 구두는 견고하다
장소를 비약적으로 계승한다
비옥한 땅이 역사로 전염되었다
성장 없는 구두가 품에서 벗어났을 때
들판은 체온에 끝내 인색했다
목이 잠겨서 하던 말을 그리워했다
어쩌다 흔들리던 팔이 무력하게 걷히고
모든 감전이 상상의 오류처럼
작은 소요에서 일대기를 이끌어낸다
몸의 바람은 통하지 않는다
새들만이 살아 있는 묵념으로 기록될 뿐
피뢰 속에서만 아늑한 침묵
장소의 여러 면들을 생경하게 느끼며

협소한 불빛으로 바닥을 내민다
더이상 축소할 수 없는 얼굴에게
마지막인 다리를 놓아준다
주어진 시간으로 습관을 파지한다
몸을 누이기까지 바닥을 고를 때
흘러나오는 그림자를 돌에서 훔친다
펼칠 때마다 지도가 새로워진다
물결로 계속될 그늘을 사양한다
눈금을 새기던 발자국마저 드물어진다

지구촌

햇빛 속을 걸었어
정오를 지나
지구인의 심정으로
이곳의 대기는 나의 신체에 적합하지 않다
호흡기계통에 무리를 느끼며

햇빛이란 뭘까
일자를 떠올려도 빛나는 건 없었어
존재란 잘 구워진 빵과 같아서
신체가 주어지면
영혼은 곧 부드럽게 스며들 텐데
버터가 녹아들듯이

열기가 필요할 거야
태양이 일종의 장소라고 믿는다면
뿜어져나오는 광선을 햇빛이라고 부른다면
신체와 영혼을 구원하는 오븐이라는
불길한

일기예보는 어제를 잊어가며 계속되겠지
지구 곳곳에선 동식물들이 자라나고
마지막으로 감기는
동시대적인 눈들

처음으로 종이 울리겠지만
솟아오르는 로켓을 보면 언제나 우울해져
모든 것을 남겨두고
지구에서 벗어나려

빛을 떠안고 있을 때
영을 센 이후에 시작된 것들은
여전히 영을 믿고 있겠지
접었던 손가락들을 펼치며

대기권으로 운석이 낙하하고 있다
불타오르는 잔해들에 눈을 떼면서

백합 홍학 네뷸러

인류의 정신은 세계에 가까워진다
아침이 되어 나는 그 음모를 받아적는다
대리석 관에 귀를 대면서

오늘날의 전지구적 상황은 우리의 삶을 지배하지 않는다
텔레비전이 사랑을 발명하듯 양식은 공통적이며 모두
에게 삶은 우주적이다
매일 너는 화면 안에서 잠들고
입속으로 행진하는 군중을 관찰하지만
눈꺼풀 위로 쏟아지는 빛은 영원히

계속된다고 상상해보라
우리는 전례 없이 희박해져간다
삶이 저물 때까지 깜빡이는 눈을 보면서
네 거울의 배후는 내 해골을 짐작할 수 있으니
이는 정신에 가까워지는 신체를 표상한다 등등

*

고체로 굳어가는 망령이 묘역을 일으킬 때
역사는 유연하게 범우주적으로 이동한다
그것은 인류의 관자놀이로 돌아온다
결국 진심으로 차원에 거주하는 데 실패하면서

근대의 폐허로부터 잡초가 무성한 습지의 초기에까지
가는 발목을 물에 담그고 새들은 어둠을 익힌다
지구를 건너는 일이 고단하다는 듯
노을이 물드는 뺨에서 추락할 때도 우리의 유일한 항성
은 태양이어서
별들은 관념 속에 유지된다
자연스럽게

질식한 식물에서 피어나던 꽃을 기념한다

*

누구나 하늘의 외곽에서 사라졌고
아침이 되도록 전파로 낭비되면서
하지 않으려는 말들을 찾아내지 못했다
별들은 언제나 빛에 대해 개별적이지만

행성이 궤도에서 멀어지면 우리는 희미한 감정만을 갖게
되었다
꽃들이 창백하게 자라던 그늘을 벗어나
고리만이 얼음 알갱이로 조각나는 영원한 공간에

변방이 붉게 자욱해지면 새들은 무리를 버렸다

마지막으로 어두워지던 무렵을 떠돌며 너는 구슬을 잃
었고 하나의 목을 맴돌던 구슬로 혀를 떠나 차가워졌다 떨
어진 모든 것과 충돌하였고 부서졌고 연기의 일부로 숨어
들었다 더이상 차원으로 이해되지 않는 감정을 가지고 이
제 막 기록되려는 항성을 구름 속에서 찾아다녔다 목 졸린

식물들의 틈에서

*

처음과 같이 너는 자연 안에 웅크리지만
식물이 뿌리를 내리듯
검은 잉크로 차츰 희미해져서
밤이 되면 우리는
서로의 관념을 지켜보았다

빈방 안에서 연기를 꺼내기까지
붉은 깃털로 흩어지는 세기를 염원하려

창문 너머 세계가 흘러들기만을 기다렸다

세계화

하나에서 여럿이 흘러나오는 것을 본다 근원의 강이 물
줄기를 도시로 흘려보내고 하나는 여럿으로 인해 다양해
진다 내가 이미 가지고 있던 것을 갖고자 노력할 때의 물
체는 그렇게 동요하는지도 모른다 가지고 있던 것은 온전
한 자기 자신이라는 환상이므로 나무들은 허공에 뿌리를
심는다 가지에 잎과 꽃과 열매를 틔우는 것으로 세계에 환
상을 입힌다 그것을 확신하게 되며 오직 그것만을 낯설어
하게 된다 자기 자신으로부터 스스로를 추구하는 몸짓은
길을 만들어낸다 두가지의 길 위에서 나는 망설인다 도시
의 강은 매일 새로워지기에 그것을 따라 걸으면 추락에 이
르고 자연은 그것을 통과하려는 자에게 하나의 마비로 다
가온다는 것 세계는 환상으로 불구를 기른다 자신만의 실
천은 허술해진다 길가에 자리한 나무들이 향하는 곳은 결
국 도시라는 막대한 골목이다 그곳에는 아무것도 적혀 있
지 않은 푸른 표지판만이 고요히 흔들린다 자연만이 정신
속에서 확장을 시도하고 아무도 그것을 눈치채지 못한다
오랜 수명만큼 나무들이 붙들고 있는 환상은 결코 자기 자
신으로부터 벗어나는 법이 없다 그 안에 깃들수록 정신은
사방으로 흩어지고 도시는 저마다의 불구로 장식되고 흩

어짐을 그것 자체로 보여주는 깃발을 내걸어 보인다 시민
은 자연이 정신을 스스로 분리시킨다는 것을 모른 채 수거
하는 일에 늘 앞장선다 물질을 물질적인 것으로 정신을 정
신적인 것으로 돌려보내는 일에 최선을 다한다 그것을 확
신하게 되며 오직 그것만을 낯설어하게 된다

소화기論

그 영화가 끝나자마자
아니 상영되던 동안에도
나는 계속해서 소화기를 생각했다
여자는 왜 남자에게
소화기 사용법을 물었을까
나는 교양인이라도 된 듯
사색이라는 걸 한답시고 골몰했다

소화기란 무엇인가?
태어나고 일하고 죽었다는
참으로 아리스토텔레스적인 물음을 던진 것이었다
소화기를 찾아 헤맬 위급한 사태란
안중에도 없는 내 무사안일에 감사하며
새하얀 우주왕복선이 활주로에 내려앉듯
무중력에 떠돌던 그 빠알간 물체를
나는 생각 속에 착륙시킨 것이었던 것이었다

*

내가 아는 한
예정되지 않은 불행을 믿지 않는 자들의 소화기는
늘 먼지에 뒤덮여 있다
이것은 불행에 대한 설명이므로 제외
하고 뒤돌아보면
먼지에 뒤덮인 빠알간 손잡이에서
나는 가소로운 내 사색의 실마리를 하나 발견한다
'움켜쥔다'
능동과 수동의 저울추 같은 묘한 이 말은
손잡이에 먼지로 상감되어 있다

소화기는 무엇을 움켜쥐려 하는가
소화기를 움켜쥐는 것은 무엇인가
예정되지 않은 불행을 믿지 않는 자들의
소화기 안에는 늘 시간의 분말이 쌓여 있겠지만
'움켜쥔다'는 무엇인가?

소화기는 아리스토텔레스적으로 내게 묻는다
'움켜쥔다'는 무엇인가라고 묻는 것은 무엇인가?

*

가부좌한 승려의 몸에 불이 붙는다
그는 불타오르며 경을 읊었다
자기 자신을 움켜쥐고는 스스로 불이 된 몸
내가 그 자리에 있었다면
엎드려 흐느끼는 승려들 틈에서
소화기를 찾아다녔을 것이다

폭포

소리 없는 얼굴에 생명을 불어넣으려면 박수를 쳐봐
추락하는 것에 퍼지는 속성을 부여하려면
조롱하듯이

얼굴이 한 면의 폭포처럼 침묵할 때
가늘어진 손가락에선 줄곧 반지가 미끄러지네
땅에 닿으면 물로 번지는 화폐가

폐쇄된 장내는 열기로 가득했었지
인공적인 삽화에 멋진 미로를 상상했고
나는 차마 심장에서 피를 흘리는 기분이었네

이것은 불가능한 종류의 고난과는 다르며
선인장을 표현해내는 식의 몸짓이 허용되지 않는다
노동이 노동자와 생산물 사이에 가로놓이며 결국
모든 것은 사막 한가운데에서처럼 선명하다

얼굴 없는 소리들에 잠깐이나마 재갈을 물리려고
지루함에서 조금이라도 벗어나려고

현기증 일으키는 면전에 교양 없이 박수를 쳤다
불행이 모두의 자리에 드리워질 때마다

이는 새로운 시대의 인공호흡이자 심폐소생이며 자기
보존의 현장
들리지 않는 얼굴을 파헤치며 쏟아지는 더 많은 얼굴들
의 흉곽
자신의 머리 꼭대기에서 떨어지지 않는 자는 없기에

노동의 댓가처럼 울려퍼지는 것
전쟁의 시작이 감미로운 나팔 소리로 시작된다는 것
누누이 강조하면서 여과 없이 지나가는 것
지나간 모든 것을 쓰러뜨리는 것

폭포 속에서 나는 얼굴을 생산해냈어
그것은 새로운 차원의 벽이 아니었고
다만 넋이 나가 입을 벌린 채로 앞날을 약속하고 있었어

빈사 상태의 손가락들과

교환가치들의 죽음을
폭포의 성능과
　　　　　사색의 유흥을
감시받는 영혼과
　　　　　피가 멈추지 않는 심장을
끝을 모르는
　　　　　관객으로서의 박수를
끝없이 사라지는 얼굴을

높이의 깊이

높은 곳에서 떨어진다면 착지할 수 있을까
바닥이 높은 곳이 되고
다시 떨어진 곳에서 높이를 발견한다면

살아 있다는 사실을 실감하게 될까
양손을 펴고
번갈아 뒤집어보면서
실제로 태어난 것에 감사해할 수도
있겠지만

아무것도 쥘 수 없을 때 손은
스스로의 깊이에 매료되었다
커지는가
무한해지는가
건네줄 수는 있는지

어쩌면 이는 누군가의 두 눈을 가리기 전에
피 흘리는 손목을 거두어들이는 일

물속에 팔을 담그고
바닥을 더듬으면 닿을지도 모르는
수심에서

바닥은 잃어버린 높이를 찾는다

내디딘 무게만이
매번 새로워지는 곳으로
떨어진다

일몰

소식을 들었을 때는 아무것도 짐작할 수 없었습니다 알수 없는 말들을 읊조리는 목소리가 들려왔고 그 내막의 주인이 당신은 아니었습니다 사주받은 목소리 누군가의 부탁에 의해서 협박이나 찬양이 아니며 끓어오르는 마음을 진정시키려는 나지막한 소리들은 지난날을 말하려 들지 않았습니다 나는 이유 없이 말을 잇지 못했습니다 공 안에 들어가서 공을 굴리는 사람처럼 우리는 물 위를 걷는 느린 기분이었는지도 모릅니다 기억된 즐거움은 떠올릴수록 즐거움에서 멀어지고 들판이 어느새 사막으로 돌변할 때 느껴지던 생동감 많은 소식들이 더이상 당신과 함께 있지 못하게 되었음을 압니다 목소리들이 너무나 선명했기에 다급하게 떨리던 기색은 해명의 여지마저 잃었습니다 오라며 부르는 손짓 그를 따라 쥐게 된 손이 스스로 풀려날 때 우리는 현실로 도피하게 될 것입니다 각자의 길로 멀어지는 대화 속에서 음성이 기억을 상실할 때 현장에 이르러 주변을 둘러보았습니다 목격된 소식은 생각했던 것보다 더 참혹했습니다 더욱 심각했습니다 서로에게 아수라장이었습니다

숲의 물결

무수한 창문들의 무게로 숲이 기운다

휘거나 뒤섞이던 잔해들이 해질녘을 부르던 실내

모든 손이 검은 구름으로 물드는 오후에

당신은 그칠 줄 모르는 검은 비를 가지고

괸 물이 마를 때까지 어느 곳에도 흐르지 않는다

잠에서 벗어나기 위해 계속되는 걸음만이

창문들에 반사되는 숲을 상기시킨다

마르고 축축한 손으로 바닥을 짚어내면서

당신이 마주한 세계는 투명하게 나뉘어가고

잔해들은 지난 계절의 구석에 오래 몸을 숨긴다

형태를 다듬기 위해 만들어진 손가락들은

물드는 일과 시드는 일을 동시에 배우며

모든 실내가 검은 비로 시작되기를 바란다

각각의 창문에 제시된 숲의 차원 안에서

무수한 숲이 창문에 내걸려 스스로를 밀어낸다

그렇게 당신이라는 존재는 겹으로 분열하고

이어진 모든 손이 서로를 검게 물들이는 것과

줄지어 상대를 지워내는 걸 보며

비로소 자신이라는 순간을 실감하기에 이른다

잔해들에서만 원래의 자기를 찾아내려고 한다

유리를 회복하려는 창문들의 밝기와

물을 복원하려는 검은 대기의 행렬과

형태로 온전해지려는 손들을 되뇌며

태어나던 때처럼 잠들기 위해 자리에 눕는다

물살에 잠겨가는 숲을 완전히 잊었다는 듯이

떠내려가는 숲을 처음 보았다는 듯이

SO WHAT

내 그네에서 내려와
네가 일종의 기계라면 좋겠어
인류는 감정을 가지고 있지 않으니까
그네를 연산하지 못하니까
남이 되는 슬픔도 이해할 수 없을 것

수를 세면 어디든 계단이 자라고
밤하늘의 구름떼를 보면
조립되는 자의 마음으로 안심할 수 있다
나사 구르는 소리가 들리니
놀이터가 놀이로 인해 무너지거나

조립이 분해의 역순이라면

어디까지 뛰어내릴 수 있어
신발을 벗어던지지 않고
금발을 찰랑거리는 꿈에서 깨어나니
그네가 네 자유의지가 될 때

부품처럼 여기저기 흩어진
미끄럼틀과 철봉과 시소는 한데 모여
머릿속에 기하학의 기초를 마련한다
가만히 쇠사슬 흔들리는 소리 들으면

끝없이 올라야 할 계단을 마주하니
작용이란
주어지지 않는 힘을 전달하는 것
마지막 잎을 떨어뜨리는 질서
정작 너는 한올의 머리카락도 아니지만

나무에 잎을 기워내는 솜씨로
조립되었으면 좋겠어
분해될 때 그랬던 것처럼
한가득 머리카락을 안고 잠든 표정으로

마네킹도 손가락을 가지고

몸으로 눕기 위해 허리를 만듭니다
바닥이 늘어나면서 꿈이 고갈됩니다
잠으로 불리는 관절들을 뒤로하고
허리는 상체와 하체를 이어주네요

몸의 끝에서 갖게 된 마디를 하나씩 접습니다
정원으로 나가기 전에 잔을 쥐고
눈길은 머나먼 아침을 떠올립니다
눈꺼풀을 학습하면 감게 되는 눈으로

쓸모없는 귀가 소리를 주워 담을 때
비로소 몸의 댓가를 실감합니다
삼림에서 정원의 흔적을 발견합니다
눈을 가린 띠가 여기저기 흩어져 떨어집니다

말이 떨어지지 않는 입에 잔을 가져가지만
머리는 하나의 매듭으로 밤을 불러모읍니다
걸음 속에서 뒤처지는 잠을 배웁니다
숲은 후각부터 잃게 되는 밀림이었습니다

유리를 구성하는 상자에 다가갈수록
벙어리가 되는 손과 발을 막을 수 없습니다
밝아오는 아침으로 몸이 기울면
얼굴은 어느새 매끈한 표면이 되어

몸은 이토록 유연하게 정원을 빠져나갑니다
투명하기만 한 상자가 그곳에 남아
잔에서 손가락들을 떼어내려 애쓰지만
머리는 언제부턴가 발끝만 내다보고 있습니다

robot_love

기술적인 문제로 우리는 헤어집니다
우리는 헤어지고 남은 기술적인 문제들입니다
지는 해가 유리 커튼에 결부되어 있습니다
당신은 펄럭이는 창문을 지나치지 못합니다
당신의 이름을 걸기에 못은 늘 서툴렀습니다
전산상의 오류로 거위들은 연못 안에 남았습니다 그럼
에도
당신이라는 이름의 저항력을 깨닫습니다
하나의 눈은 0 다른 하나의 눈은 1
감기지 않는 눈의 회로가 명령합니다
착지하는 새의 날개가 어둠을 감추는 무렵입니다
당신이라는 개념의 오차를 계산하지만
다시 만나지 못할 때에는 악수할 수 있습니까
이해되지 않는 단어들이 눈앞에 머뭅니다
헤어지는 데 따른 정교한 결함 때문입니다
표정을 탓하려 전력을 소모할 수 없습니다
유리 커튼이 잘게 부서져 떨어지는 중입니다
펄럭이던 창문으로 새가 걸어옵니다
발끝에 전류를 내보내는 당신이 있습니다

떨어진 못이 떨어질 못을 기다립니다
기술적인 오류들로 우리는 정의되지만
정의는 우리의 오류들의 기술입니다
하나의 눈 0 하나의 눈은 0
여전히 거위들은 연못에서 헤어나올 줄 모릅니다
벽의 세계에서는 당신에게 인사하고 싶습니다
늘 서투른 못들을 밀어내며

HELLO

밤의 골상학

기관이 퇴화하고 있다는 느낌이 들 때
당신은 무엇을 직감할 수 있나요

유리가 물의 몸을 빌리고
고인 물로 번지는 상태 속에서

정신이 뼈라는 걸 믿을 수 있나요
야간에 몸이 물들기 전
함께 들던 적막으로 나란히 남아

서로의 해골에서 생각을 읽어내기 위해
당신만의 골격이
당신의 내면으로 얼룩지는 밤

가는 팔과 다리가
그대의 속삭임으로 사그라지면

어느 사람의 죽음이 우리를 감소시키나요*

어둠이
당신의 기관들을 받아들여
멈추지 않고 허공에서 금 갈 때

밤에서 밤으로 이어질
길고 긴 속삭임들을
나무는 예감하고 있어요

마주 보는 두개의 해골 속에서

유리로 물을 적셔나가며

* 존 던 「누구를 위하여 종은 울리나」에서.

계절의 방

불빛에 드러난 너의 창 올려다보는 너의 방 나침반의 바늘처럼 흔들릴 때 불어오는 계절풍 사이로 손을 데우는 바랜 사진 속에서 너는 벽을 허물고 당시의 추위로 방향을 이끈다 투명함을 모르는 창 타원과 사각의 도형 속에서 여위는 체온 빛의 속성이 사물에서 투명함을 앗아가는지 눈발이 윤곽에 더해진다 제철을 잊은 과일들이 유감없이 떨어진다 계단에서 복도로 복도에서 지하로 언 손을 녹이기 위해 너는 한 시절을 얼어붙고 이내 초원에 구르는 열매를 듣는다 시간의 창을 건넌다 소리의 초점으로 청력이 마비되면 목가적인 장소마다 소외되고 줄어든 실내에서 길을 잃는다 흩어졌다 모여드는 빛의 도형들 지난 계절의 수확이 지하를 대신한다 네게는 인공적인 낙원만이 향기롭게 스밀 뿐 같은 자리에서 취미 없이 서성일 때 그을리기 시작하는 초원에 머문다 온기를 가지려 불을 밝힌다 아직도 굴러떨어지는 열매들을 가지고

간격들

　내가 없는 시간 속으로 쏟아지는 눈을 본다 불빛들이 동시에 내려앉고 나는 그곳에 없을 수 있었다 점멸하는 빛만 입김을 발굴하려고 남았다 빛이 있는 한 어디든 눈의 사태는 고립되었다 뒤통수에 이르러서야 검은 띠는 리본이 되었는데 매듭만 기억을 단단히 조였다 언 생선의 눈알을 새기던 바람이 팔방으로 흩어진다 백색의 모눈들이 허공을 자극할 때마다 나는 없는 시간이었으나 풍경은 외곽을 그리곤 했다 죽은 자의 팔꿈치처럼 어두워지는 모서리를 보면 하나로부터 벗어나는 수열처럼 그간에 놓인 행적이 의문이었다 멀어지는 것이다 퇴적된 발자국들이 뒤틀렸고 빛의 영역에서는 무엇도 함부로 보존되지 않았다 도처에서 편력하는 백기들 겹을 잃는 방식으로 유리창이 덜컹거리고 열차가 창가를 운반하듯 그 안으로 시간의 내장이 끊어졌다 투명해지는 것이다 단일한 매듭들은 여태 백색으로 한결같았지만 밤의 뒷모양을 쫓기 위해 띠는 떠다닌다 빛은 함몰된 환부였다 시야 잃은 눈발들이 나를 떠밀어대는 게 보였다

미래

우리의 미래가 장밋빛일 수는 없었다
장미는 겨울에 피어나지 않으니

불빛을 바라보던 눈이 검은 세계를 안는 것처럼
불빛에서 눈을 떼는 일이 불가해했다

분수대 속 동전들이 반짝거리며
우리가 운을 시험하기 이전의 세계로 돌려보내고

증기가 가득한 욕실이거나
전구가 흔들리던 방 안에서

우리는 장미의 원인에 대해 오래도록 몰두했다
겨울이 올 경우의 수를 운에 맡기듯

주머니에서 동전을 고를 때 이미
손바닥에는 물속의 주화들이 고여 있었다

맞잡으면 흥건한 액체로 녹아내리는 손들이

욕조를 가득 출렁거리게 만들었다

우리는 물속의 동전들에서 눈을 뗄 수가 없었다
모든 것이 명백하게 빛나던 시절이 지나고

추가 되어 흔들리는 불빛 속에서
나타났다 사라지기를 반복하는 얼굴들

장래에 우리는 겨울의 꽃들을 수집하게 될지도 몰랐다
장밋빛이 장미와 무관하다고 결론지으며

새겨진 조각으로 분수대가 얼어붙을 때
무릎을 모으고 그저 잠들고 싶었다

끝없이 멀어지는 겨울 속에서

지구본

로켓이 솟아오르면 시민들은 생각했다
생각이 영토를 벗어나려 들었다
셀 수 있는 자연수가 바닥을 드러냈기에
그만큼 줄어드는 자연 안에서

아른거리던 점으로 사라져갔다
우리들은 상공을 올려다보며
벗어나기만 하는 생각을 가지고
지구상에 머무르기로 했다

다른 세계에서 보내올 영상을 믿으며
생명 아닌 무언가가
지평선에 지는 해를 보거나
불투명한 대기의 곡선을 따라
거대한 산에 이끌릴 때

내려다볼 수밖에 없기에
절벽으로 성장하는 몸은 손을 떨어뜨렸다
바위처럼 추락하지만

모래알보다는 무감각한 손으로

차례대로 밤을 이어나갔다
지구에 머무르기로 한 시민들은
푸른빛의 구체를 회전시키면서
행성의 거대한 모래바람을 꿈꾸고 있었다

이마 위의 붉은 점

눈을 감고 수를 세어나가세요

하나의 색에 도달할 때까지

묽어지는 색채로 거리가 채워질 때까지

숲을 감춘 미로에서 벌목되는 낮들

손가락 틈으로만 쏟아지는 별들

전근대적인 발상으로 피어나는 꽃을

수집하세요 과거의 연장선상에서

스푼에 고이는 빛을 관찰하며

거울 속으로 흔들리는 추를 학습하세요

날이 밝아온다면

새들이 자유롭게 낙하한다면

당신을 겨냥하는 자를 놓아주세요

모든 물이 강을 찾아 마르기 전에

안부

이름이 있어서 우리는 어디로든 떠난다
단어로 구성되어 있으며
친족을 형성하여 성장하는 대기

나는 셀 수 없는 시간 동안 집에 머물렀다
손가락을 세다가 주먹을 쥐면
떨어진 쇠젓가락의 향방을 몰랐고

누구도 내리지 않던 차량 안에서
솜처럼 녹아내리던 정적을 맛보았다
거미줄을 걷어내며 동굴을 헤쳐나갔지만
횃불은 어디에 있었나
어떤 단어들의 잘못이 메아리를 만들었나

대상을 잊으려 고안된 이름
입국심사대의 직원이 나를 한번 보고
여권을 한번 들여다볼 때
공항의 천장을 이동하던 구름

대기와 하늘의 불일치 속에서
우리는 번진 채 남은 잉크로 헤맨다
닦이지 않는 얼룩으로 동굴 벽마다 어른거려서

내가 어디서 어떻게 지내왔는지 물을 수 없다
어깨동무로 섞이는 이국의 시민을 보며
흘러나오는 가방들에서 이름을 지나친다

과일주의자

오늘은 음식을 먹다 입안의 살을 씹었습니다
적어도 세번은 먹는 일을 중지했습니다
그럴 때마다 나는 조금씩 이해되는 것 같습니다
언제까지 이래야만 하는 걸까요

반성을 반성하기 위해 거울을 봅니다
치약은 형언하기 힘든 감정으로 흘러나옵니다
이빨과 치아를 구분하는 일은 늘 막막하지만
매일밤의 양치질은 나라는 유물을 발굴할 수 있을까요

결국 떨어진 것만을 주워 먹기로 합니다
바닥에 대한 기나긴 탐구가 시작된 것입니다
사과나무 아래에서 입을 벌리고 포도가 떨어지길 기다
렸습니다
조롱당하지 않기 위하여

배반하는 방법을 알고 싶습니다
함부로 총알을 소비하고 자신에게는 빈 권총의 방아쇠
를 여러번 당겨야 했던, 오 가여운 트래비스*

과일주의는 신념이기보다는 태도의 문제일지도 모릅니
다만

거울 속으로 누굴 초대할 수 있을까요
과일주의자에게도 식단표는 필요한데 말입니다
익은 열매들이 썩고 문드러져 떨어질 순간은 그럴싸합
니다
입안을 헹굴 때마다 씹혔던 살이 저릿하게 아려옵니다
하지만 어머니
역시 저는 바보였나봅니다

* 영화 「택시 드라이버」의 등장인물.

온 더 비치[*]

눈을 뜨면 해가 지는 상황에 처했다 잠은 쉽게 달아나지 않고 열기는 바다 건너편을 속삭인다 펼쳐진 커튼처럼 물결이 맴돈다 눈은 아직 눈꺼풀 속에 있었으나 실내에는 닫힐 줄 모르는 창들뿐 바람은 어디로든 견고하게 스민다 방은 공간이 이곳으로 흘러온 흔적을 남기고 엽서를 담을 수 없는 액자가 모서리로 기운다

매일 물질적인 영혼으로 깨어난다 풍선을 불 때에는 부풀어오르는 풍선만을 지켜보았다 숨을 불어넣는 건 위태로운 일이었고 해변의 나무들 사이로 나팔 소리를 들었다 숨 쉬는 걸 본 적 없는 나를 발견했을 때 그녀는 오래전의 단역이었다 우리의 미래는 터져나가는 풍선으로 제한되었으므로 나의 체온은 늘 실감나지 않았다

쏠려온 것들에 정신을 맡긴다 해변은 모래로 소멸 중이었다 그 위를 떨거나 걸으며 습관을 버리자고 다짐했다 물결은 단 한알의 모래도 씻지 못한다 사진을 찍고 나면 풍경도 인물도 의미가 없어졌다 의자가 한채의 집처럼 떠밀려오는 것을 보며 밤을 지새웠다 호흡과 발성을 기준으로

역할을 나눈 것은 누구였을까 하나의 움직이는 인물일 때
우리는 무대와 무덤을 구분하지 못한다

모래 빼앗기 놀이와도 같은 바람이 나무들을 구금할 때
그녀는 모래를 빼앗지 못해 초조해했다 양초에서 빠져나
가는 연기가 세계를 견고하게 만들었다 모래는 우리가 지
닌 재산의 전부였고 전에 없던 무덤을 서로에게서 가져오
는 데에만 열중했다 나팔 소리를 듣기 위해 잠들지 않았고
몇그루의 나무가 쓰러지기를 바랐다 보이지 않는 단역들
이 무대를 가득 채웠다

수렁 속으로 빠져들었다 발자국이 걸음을 부르는 곳으
로 갔다 지각할 수 없는 역할에 손발을 내주었고 불발된
폭죽을 어디에서나 밟았다 모래에 잠겨 한마디의 말도 내
뱉을 수 없었다 불발된 폭죽은 어디에서나 밟혔고 밀려오
는 물결은 우리의 옷가지를 건너편으로 떠내려보냈다

* on the beach. 어디에도 특별히 고용되지 않은 배우의 속칭.

113

숲으로

우리가 아닌 발자국들을 기다리는 해변
무너진 모래성이 그것을 증명하려 남았다
결국 파도가 탄성의 전부라는 사실을

뭉쳐진 종이가 서서히 펼쳐지다
멈춘다 털실로 짠 달의 어깨가 늘어지는 사이
나무들로 흘러드는 길 위에서

우리는 공공연하게 자연에 연루되었다
체취의 형태가 숲을 기억한다면
모래가 성의 구조를 배제한다면

어금니의 구역들처럼 으슥한 숲에서 우리가 오기를 기
다린다 몇몇 호흡이 이름을 부르다 꺼진다 폐는 늘 텅 빈
몸의 구석이었다
들숨으로 양육하는 공동에 달빛을 새겼다 신체는 곧 텅
빈 문명이었기에

발자국을 남기지 않는 일이 요원했다

모래성을 부순 것은 우리가 아니었으며
탄성이란 멀어진 것을 끌어오는 것
멀어졌다 되돌아오면서

가능한 한 시민으로 도착하길 바라는 것
한 발이 늦는다면 다른 한 발을 파도에 적시며
모래의 질감으로 호흡하는 달의 무리들

체취는 휘발하는 활자들로 펼쳐진다
바다는 멈추어 있다 바람 없는 대기의 모순 속에서
깃발을 수식하며 시민들이 걸어나온다
돌아가야 할 전부인 숲의 너머를 기약하면서

변증법적 견자의 도시

함돈균

　시인(詩人)을 '견자(見者)'로 불렀던 이가 있다. 그는 시인을 무엇이라고 생각했던 것일까. 여기서 관건은 '본다(見)'는 동사-행위에 내재한 참 의미일 것이다. '견자'라는 말은 '잘 보는 사람'이란 뜻 외에 아무것도 아니지 않은가. 그러므로 이 간명한 규정은 주어의 행위나 속성을 단순히 진술한다기보다는, 거꾸로 술어를 통해 주어의 의미를 호명하는 효과를 지닌다. 세인(世人)에게 널리 알려진 시인이라는 특정한 직업적 존재가 '보는' 행위를 한다는 뜻이라기보다는, 누구인지 무얼 하는지 세인에게 미심쩍기 이를 데 없는 존재로 여겨지는 시인이라는 의혹의 대상이 있는데, 그가 가장 잘하는 것이 바로 '보는' 일이라는 뜻이라는 말이다. 저 술어적 규정에는 누구나 볼 수 있지만, 아무나 볼 수는 없는 것을 보는 존재, 그런 존재를 일컬어 바로 시인이라고 하자라는 좀더 강력한 주장이 암시되어 있는

116

것은 아닌가. '시인은 견자다'라는 말은 그러므로 시인을 호명하는 표현은 아닐까. 시인(詩人)은 시인(視人)이고, 시인(視人)만이 시인(詩人)이다! 시인은 '투시자(透視者)'이며, 투시자로서 시인은 세인(世人)보다 탁월하게 보는 자이다.

  '잘 본다'는 말에는 '본다'는 말의 부정이 함축되어 있다. '본다'는 행위가 어쩌면 제대로 보는 것이 아닐 수 있으므로 관성적으로 보는 일을 극복해야 한다는 말이다. '잘 보기'는 일반적인 '본다'를 부정함으로써 '본다'라는 말의 본질을 긍정한다는 점에서 변증법적이다. 그렇다면 견자로서, 탁월하게 보는 자로서, 잘 보는 자로서 규정된 '시인'은 변증법적 운동론자라고 할 수 있지 않을까. 그는 현상을 부정하면서, 모두가 보고 있다고 생각하는 현실을 부정하면서 세계의 진상(眞相)을 드러내고 진상을 세인에게 돌려주는 자가 아닌가. 여기에서 감각은 변증법을 통해서만 감각에 부여된 임무를 비로소 제대로 수행할 수 있다. 따라서 감각은 직관적이라기보다는 변증법적 운동이라는 점에서 인식론적이다. 이러한 변증법적 인식론으로서 '잘 보기'가 성공하기 위해서는 대체로 세가지 목표가 성취되어야 한다. 첫째, 눈에 보이는 것을 보이는 그대로 볼 수 있고, 이해할 수 있으며, 표현할 수 있어야 한다. 둘째, 눈에 보이는 현상은 실재와 다를 수 있으므로 현상과 실재 사이의 간극을 인식하고 그 간극에 개입할 수 있어야 한다. 셋째, 눈에 보이는 것이 전부가 아니므로, 눈에 보이는 것 이면의 실재를 꿰뚫어 보거나 통합해서 볼 수 있어야 한다. 즉, 안 보이는 것도 봐야 한다. '견자'로서의 시인이 변증법적 인식론자가 될 때 그의 '보기'는 이러한 인식론-앎에 육박해야 할 것이다.

2000년대 한국시의 초반 10여년의 운동을 주도했던 선배 세대가 감각으로 사유하는 세대였다면, 그 이후 세대에서는 감각적 몰입과 그 몰입에 기대는 직관성에 일정한 탈각과 다른 모색의 조짐이 엿보인다. 그 방향이 어떤 방식으로 개화할까 하는 데에는 아직 비평적 관망의 여지가 적지 않다. 하지만 이제 막 첫 시집을 상재하는 신두호가 이 다른 모색의 한 방향을 보여준다고는 말할 수 있을 것 같다. 그의 시에서 매우 예민하게 드러나는 '시각성'이 감각적 즉자성이 아니라 실은 변증법적 인식론의 일종이라는 사실은 앞으로 시인의 개인적 행로뿐만 아니라 한국시의 향후 10년과 관련하여서도 주목을 요한다.

없는 빛을 쏟아내린다
발견되지 않은 식물도감을 만든다
어둠속에서 말라가는 건
양초와 물수건
기타 등등

역사는 색을 지니지 못한다
등을 향해 누우면
복원된 사진으로 건조해지는 몸
주름 없는 손바닥을 편다

입체안경을 쓰고 세계를 일종의 수사선상에 놓아본다
뒷모습을 이해하기 위하여
수집된 표본을 감당하기 위하여

식물들이 서로의 눈으로 흔들리는 시간

시가지의 기억을 따라
원근을 구성하는 비
흑백이 되어가는 거리에 불빛이 퍼져나갈 때
어둠의 귀에 편들면서

더없이 투명한 장막 뒤에 숨는다
두 귀를 감추면
주름만으로 중력은 악몽이 된다

누구에게도 허용되지 않은 차원에서
입체적으로 자라나는 식물들

붉은

푸른

액체되어 씻겨내리는 밤

——「증후군」 전문

빛, 어둠, 흑백, 색, 눈, 입체안경, 원근, 안개, 장막 등의
시어는 신두호의 시에 자주 등장한다. 이 시어들은 그의
시가 명백히 시각적인 것에 깊이 침윤되어 있다는 걸 보여
주며, 화자의 몸에 배어 있는 시각 지향적 예민성을 증거
한다. 이 시야에 닿은 것들이 세계의 '증후'이고 이 증후에
예민하게 반응하는 몸은 '증후군'을 앓고 있는 언어 주체
로서 화자이다. 증후-세계와 증후군-몸은 서로 경계면을
형성하고 닿고 은밀히 섞이면서 무언가의 존재를 '드러내
고' 있다. 이 경계면은 시인의 말을 통해 세계의 부면을 형
성한다. 다시 말해 거기에는 떠오르는 것들이 있다. 그러
나 이 존재들은 세인의 관성적 시야-보기를 통해서는 떠
오르지 않거나 떠오른 것의 실재를 왜곡하거나 떠오르지
않은 것을 은폐한다. 여기에서 현상-현실은 '리얼(real)
없는 리얼리티(reality)'로 눈앞에 나타난다.

신두호 시의 시선 주체는 이 '리얼 없는 리얼리티'를
'역사'라고 표현한다. 이 "역사는 색을 지니지 못한다". 주
름 없는(손금 없는) 손바닥, 원근이 사라진 시가지의 기억,
흑백이 되어가는 거리는 평면화된 존재의 부면들이다. 언

120

뜻 보면 모호하기 짝이 없는 이런 시에서 신두호는 시인의 임무를 오히려 명백하게 선언한다. 이 시집의 제목 '사라진 입을 위한 선언'이라는 것도 이 존재의 가짜 평면성, 흑백성, 원근법 상실에 입체성과 빛과 원근법을 도입하자는 의지의 표현과 다른 게 아닐 것이다. "입체안경을 쓰고 세계를 일종의 수사선상에 놓아"보는 '탐정'의 일이 그가 생각하는 시인의 책무이다. 이 안경을 쓴 존재, 그가 바로 견자로서의 시인이다. 그래야만 "수집된 표본"의 표면이 아니라, "뒷모습을 이해"할 수 있기 때문이다. 그것은 "발견되지 않은 식물도감을 만"드는 일과 같다. 세계의 실재는 "식물들이 서로의 눈으로 흔들리는 시간"을 볼 줄 아는 '견자'를 필요로 하며, 이것은 보이는 빛이 아니라 "없는 빛을 쓸어내"리는 일이다. "누구에게도 허용되지 않은 차원에서"도 "입체적으로 자라나는 식물들"을 보는 눈. 시적 주체-시선은 응고된 흑백 평면에 색과 입체성과 원근법을 부여함으로써 존재를 왜곡시키는 인식론적 장벽을 씻어내리는 생명수-'액체'이다.

그러나 변증법적 인식론으로서 시적인 시야를 확보하고 있다고 해도, 세계의 '뒷모습'에서 그 자체로 '희망' 따위를 직관할 수 있는 것은 아니다. 어쩌면 '희망'은 오히려 세인의 시선에 의해 드러나는 세계의 표면일지 모른다. 다시 말해 "없는 빛을 쓸어내"리는 행위는 표면의 가짜 빛을 닦아내고 나서야 진정으로 보이는 세계의 '바닥'에 대한 인식, 어떤 다른 차원의 존재 대면일지도 모른다. 이 시집의 전체 기저를 이루는 메마름에 대한 인식, 모호한 것들의 이미지들은 이 두 존재 차원에서 길항하는 시적 인식론의 정직한 방황을 보여준다. '안개'는 시인의 '존재 방황'이 대면한 세계의 모습이다.

주머니에서는 늘 손을 목격한다
누구의 것도 아닌
손을 위해 걸어야 했다
안개 속의 사람들이 고립되던 무렵이었다

할 말을 잇지 못하고
시야의 모든 사물로부터 멀어졌다
이글거리는 물풀이
도시에 불어나던 게 기억의 전부였다

시간이 초침의 단위로 뚝뚝 끊어지고
손을 쥘 줄 모르는 손가락들이
보폭 속으로 서서히 잊히고

방향이 모든 감각으로 나뉘어갔다
곳곳에서 바지와 양말이 수거되었다
짐들을 옮기려고 이동하는 몸을 만났다

움직일 때마다 안개가 자욱해지지만
증발할 수 없는 무게는 색채로 번지고 있었다
서로의 부재가 위태로울 때쯤
연막 속에서 네가 형성되었다

사물들을 선으로 이어주는 건 혼잣말일지도 모른다
숨을 쉬어보면
밤하늘의 깊은 곳으로 옮아가는 점들

도시의 중심에서 밀려나는 물결

무리에 섞여드는 네가 나를 기억해냈다
구분할 수 없는 손가락들이 손에서 손으로
안개 속을 떠돌아다녔다

               —「다가가는 행위」 전문

    신두호의 시에서 '안개'나 '연기'는 왜곡된 관계의 표상
으로 드러난다. "서로를 감춰주던 장애물"(「연인들의 연인」)
이자 "당겨야 할 문을 밀"고 "밀리지 않는 문을 당기"는 관
계에서 그것은 "서로의 실물에서 빠져나"(「당기시오」)가는
세계의 증후이다. '안개'는 사람들의 고립을 지시하며 "서
로의 부재"를 표상한다. "손을 쥘 줄 모르는 손가락들"은

만나지 못하는 손가락이고, 만나지 못하는 손이며, 만나지 못하는 몸이다. 그것은 통하지 못하는, 이어지지 못하는 사물들이며 사물들의 선이다. "생물들이 안개가 된 세계"에서 "평행하는 선분의 끝에서 그들은 만날 것"(「11월」)이다. 모든 감각으로 나뉜 방향은 감각의 다양성이 아니라 감각의 정처 없음을 뜻하며, 세계의 방향지시등이 꺼졌다는 의미이다. 이런 무방향, 만나거나 이어지지 못하는 사물들의 세계에서 '의미'는 상실되며, 의미를 구성하는 시간은 리듬을 형성하지 못한다. 말하자면 서사도 없고 율동도 없는, 역사다운 역사도 유희성에 기반한 일상의 역동성도 사라진 세계, 그 세계의 막연함과 막막함 속에서 이 시선 주체가 마주하는 시각적 형상이 바로 '안개'이다.

여기서 중요한 것은 이런 정처 없음과 엇갈림과 만나지 못함에서 연유하는 '안개' '연막'이 세계의 어떤 의미있는 방황의 산물이 아니라는 사실이다. 그것은 "누구도 함부로 방황하지 않던 실내"에서 "감은 눈의 세계가 우리에게 건넨 명백한 일상"이다. "그곳에서 잠드는 일은 지극히 자연스럽"고 "먼지들은 구석에 모여 흩어지지 않고/뭉쳐지는 힘으로 번져나가던 저녁"(「캐비닛」)에 마주하는 풍경이 바로 '안개'이다. 그러므로 시각적 형상으로 나타난 '안개'는 "감은 눈의 세계"가 볼 수 있는 풍경이 아니라 풍경을 부정함으로써 풍경의 원형을 복원하고자 하는 시선 주체만이 비로소 볼 수 있는 '시적인' 이미지라는 것이다.

'방황'은 눈감고 잠든 세계의 것이거나 세인의 것이 아니라, 잠든 세계를 보고 있는 깨어 있는 시인의 것이다. 그러므로 "사물들을 선으로 이어주는 건 혼잣말"이라고 할 때 이 '혼잣말'은 현상의 의미를 '잘 볼 수' 있는 견자로서 시인의 말이다. "무리에 섞여드는 네가" 볼 수 없고, 할 수 없는 혼잣말을 하는 존재로서의 시인, 신두호의 시는 그렇게 위태롭고 고독한 자리에 시인이라는 존재를 앉혀놓는다. 주어가 생략되어 모호해 보이는 "도시의 중심에서 밀려나는 물결"이라는 진술은 그러므로 표면으로는 풍경의 진술처럼 보이지만, "무리에 섞여드는"'너'와는 구분되는 시인의 존재론을 암시한다고 볼 수 있지 않을까. 풍경의 일부이지만 시선 주체로서 '견자'이기도 한 시인은 풍경과 분리될 수밖에 없는 존재이기도 한 것이다.

    우산이 접히면 느려질 시간을 떠올려
    엇갈린 손을 마주 잡는 것보다
    부딪친 팔의 진동이 각자에게 한기가 될 때
    개별적으로 스며들 물방울을 염려한다

    정지된 허공이 목소리 떨리듯
    청동상이 녹슬고
    끝나지 않는 조각의 공원에서
    톱니바퀴처럼 정교하게 맞물리는

가로수 및 가로등

그들이 정한 순서가 구체적으로 실행된다
어깨의 각도에서 보폭의 조율에 이르기까지
육면체의 조각들을 어지럽게 뒤섞으며
아무도 건널 수 없는 거리를 빠져나온다

멀어지고 난 뒤의 광장을 이해하는 일처럼
마르지 않는 옷으로 기념하는 미래
시작되는 빗속에서 우산을 펼치면
　　　　　　　　　　　　　　—「연인들의 연인」 부분

　이 시는 풍경 속에 있는 존재들은 정작 보지 못하는 '안
개'가 무엇인지를 좀더 간명하게 보여준다는 점에서 신두
호 시의 문제의식을 요약하고 있다. 그에게 '거리'는 '안
개'만큼이나 의미심장한 시적 풍경이다. 그러나 역시 견자
로서의 시인에게 풍경은 세인의 시점이 보는 것과는 전혀
다른 미장센으로 드러난다.
　이어지지 못하는 사물들과 손을 쥘 줄 모르는 손가락들
의 시간에서 초침이 끊겨나가고 삶의 리듬이 형성되지 못
하듯이, 둘을 함께하게 했던 우산이 접히는 순간 둘은 "개
별적으로" 나뉘고 "부딪친 팔의 진동"은 "각자에게 한기"
가 된다. 거리의 대기는 부드러운 공기로 삶을 감싸는 것

이 아니라 창백한 공허가 지배하는 "정지된 허공"이 된다. 무언가를 기념한다는 청동상은 살아 있는 온기를 지닌 채 산 존재들을 격려하고 위무하는 기억이 아니라 "톱니바퀴처럼 정교하게 맞물리는" 이데올로기적인 녹슨 장치이자 사회의 폭력기계이다. 거리에 움직이는 존재들은 "어깨의 각도에서 보폭의 조율에 이르기까지" "정한 순서가 구체적으로 실행"되는 "육면체의 조각들"이다. 서로에게 이어져 있지 못하며 서로와 만날 수 없는 이 조작된 시나리오의 거리는 모두가 부지런히 걷고 있지만 "아무도 건널 수 없는 거리"이다. 만나지 못하고 섞이지 못하고 이어지지 못하며 서로에게 스밀 수 없는 이 거리를 '광장'이라고 부를 수 있을까.

그러나 미장센의 일부가 된 "그들"에게 이 풍경은 보이지 않는다. 인식되지 않는다. "그들"이 무대의 배우들이며 미장센의 오브제로서 "청동상"이며 "가로수 및 가로등"이기 때문이다. 그러므로 "멀어지고 난 뒤의 광장을 이해하는 일"은 견자의 시선에서나 가능한 일이다. 그러나 이것은 광장 자체를 거부하려는 것이 아니라 현상의 광장을 부정함으로써 "(지금) 형태 이전의 모양"을 긍정하려는 변증법의 "과정"이다. 그는 우산을 접기 전의 거리, 그 맞잡은 손, 그 곁의 온기, "마르지 않는 옷으로 기념하는 미래"를 기억한다. 이 '기억'은 현상의 거리를 부정함으로써 본래의 거리를 회복하려 한다는 점에서도 변증법적이지만,

광장의 기억을 통해 아직 오지 않은 광장을 기원한다는 점
에서도 그렇다. 즉 녹슬지 않은 과거를 통해 도래할 미래
로 도약하는 풍경이라는 점에서도 변증법적이다. 벤야민
이 역사가의 임무라고 말한 변증법적 이미지의 포착이란
결국 시인의 방법론이며 이 시집의 시선 주체의 관점이기
도 한 것이다.

거리는 시민으로 성장할 기회를 모두에게 배분합니다
비물질적인 차원으로 흩어져 있는 인류와
동식물들은 전례 없이 생략되고 있습니다
불빛마저도 안개 속으로 창궐합니다
거리에 속도만이 전시되어 있을 때
우리는 누군가로 기억될지 알지 못합니다
어깨를 부딪치고는 영원히 멀어집니다
안개는 도로 위에 자동차를 발생시키고
불빛은 속도의 방향을 추적하지만
빛이 사라지는 곳에서 창문의 운동도 끝이 납니다
기침으로 우리의 현존을 들키면
도로의 끝에서 끝으로 출몰하는 언덕들
경사가 사라진 곳에서 모두 숨을 고릅니다
(…)
이곳에선 언약이 악수를 대신합니다
시민들 중 누구도 사회와 접촉하지 않으며

극소량의 숨을 서로에게서 전달받습니다
최소한의 양분으로 성장하기 위해
모두들 각자의 속력으로 엇갈립니다
—「자연에의 입문 3」 부분

세인의 거리와 시민의 광장이 "마르지 않는 옷"을 망각할 때, 그 기계적인 보폭은 생명의 실재를 망각하고 이런 방식의 '인공 자연'을 구성한다. "인류"와 "동식물들"은 존재하지만 존재하지 않는다. "전례 없이 생략"된다. 오브제가 된 생명, 미장센이 된 풍경은 스스로 "우리는 누군가로 기억될지 알지 못"한다. 보지만 보지 못하고, 보는 것을 해석하지 못하며, 보이는 것과 보이지 않는 것 사이의 분열을 보지 못하며, 표면만 보고 이면을 보지 못한다. 이런 시선에는 변증법적 진실이 '전례 없이 생략'되어 있다. "어깨를 부딪치고는 영원히 멀어"지는 것은 미장센을 구성하는 오브제들끼리의 관계만이 아니다. 여기서 궁극적으로 멀어지는 것은 시선이 간파해야 할 사물과 세계의 진상들이다. 이 현장에서 역시 '안개'가 피어오른다. "빛이 사라지는 곳"에서는 존재의 진상, 존재의 다른 차원을 열려는 "창문의 운동도 끝"난다. 손이 맞닿지 않는 세계, 손가락이 손가락 사이로 빠져나가는 세계, 연대와 공존의 감성이 사라진 거리에는 "언약이 악수를 대신"한다. 계약이 생명과 우정을 대체하는 생활세계에서는 "최소한의 양

분으로 성장하기 위해/모두들 각자의 속력으로 엇갈"린
다. "극소량의 숨을 서로에게서 전달받"는 이 "새로운 시
대의 인공호흡이자 심폐소생이며 자기보존의 현장"(「폭
포」)은 자연을 극복함으로써 높고 훌륭한 것에 이르고자
했던 문화의 이상을 저버리고, 거꾸로 문화와 문명을 새로
운 '자연에의 입문'으로 강요한다.

> 이것은 불가능한 종류의 고난과는 다르며
> 선인장을 표현해내는 식의 몸짓이 허용되지 않는다
> 노동이 노동자와 생산물 사이에 가로놓이며 결국
> 모든 것은 사막 한가운데에서처럼 선명하다
>
> 얼굴 없는 소리들에 잠깐이나마 재갈을 물리려고
> 지루함에서 조금이라도 벗어나려고
> 현기증 일으키는 면전에 교양 없이 박수를 쳤다
> 불행이 모두의 자리에 드리워질 때마다
>
> ─「폭포」 부분

시선이 진상을 가린 현상 너머를 보는 일은 어떻게 가능
한가. 죽은 생명이 산 생명으로 회복되는 존재 비약은 어
떻게 가능한가. 현상의 시선이 그 시선을 부정함으로써 진
상을 보는 눈에 이르고, 죽음이 죽음을 부정함으로써 생명
으로 도약하는 이 변증법은 자기부정, 목숨을 걸어야 한다

는 점에서 "불가능한 종류의 고난"이다. 선인장은 제 살을 뚫고 나오는 가시를 통해서만이 제 생명을 표현할 수 있다. 그러므로 사막의 폐허는 생명 없는 공허와 불가능한 종류의 고난을 동시에 현시하는 (비)생명의 장이다. 사막은 불가능성과 더불어 불가능한 종류의 고난 자체가 가능성이기도 하다는 두 차원을 동시에 보여주는 경계이다. 그러므로 "얼굴 없는 소리들에 잠깐이나마 재갈을 물리려"는 "박수"의 세계가 시민-거리-광장의 생활세계를 이루지만, 견자로서의 시인이 가능성을 발명해야 하는 자리도 다른 데가 아니라 바로 거기일 것이다. 견자로서의 시인은 결국 불가능의 가능성, 불가능한 종류의 고난, 변증법의 담지자이기 때문이다. 이 첫 시집이 그래서 다음과 같은 풍경을 보여줄 때, 우리는 여기가 바로 시인의 처소라는 새삼스러운 사실을 확인한다. 그것은 현대시의 발명자 중 한명인 보들레르의 황량하기 이를 데 없는 도시 뒷골목과 매음굴을 떠올리게도 한다. 형이상학과 관념론과 모호한 이미지가 뒤섞이는 이 시집의 내적 동기도 견자로서의 '고전적' 시인, 그러나(그래서) 가장 현대적이었던 시인들의 내적 동기와 다른 게 아니라는 말이다.

우리는 스케이트보드를 타러 간다
이른 아침에 만나서
한명은 금식 중이고

한명은 섭식장애가 있고
다른 한명은 늘 소리를 내지르지만

장애물이 있는 어디든 마다하지 않았다
아침엔 캘리포니아였지만
태양은 어디로든 우리를 끝없이 떠나보내고
금문교 붉은 난간에 앉아
물살을 내려다보는 사람의

긴 머리카락이 바람을 불러세운다
풍향계는 아무래도 소용이 없었지
뒤집히면 날개로 기어다니는 벌레를 보며
—「버드나무들과」 부분

　"금식"과 "섭식장애"와 "늘 소리를 내지르"는 존재들은
기계적 보폭이 지배하는 생활세계의 거리와 섞여들어가
는 군중의 광장에는 동화될 수 없는 이들이다. '먹고사는'
방법에 장애가 있는 그들은 커뮤니케이션을 통해서도 역
시 커뮤니티에 스며들지 못한다. 역설적으로 말해서, 섞여
들어가지 않기 위해서 거리와 군중은 이들에게 '요청'된
다. 변증법의 과정은 부정의 대상을 '필요로' 하기 때문이
다. 사물세계의 진상은 고립된 풍경이 아니라 늘 섞여들어
가는 풍경 속에서 길어올려진다. 이것이 보들레르 이후 메

마른 거리와 숨 막히는 광장을 떠날 수 없는 '현대시인'이 갖게 된 존재론이다. 불가능성의 현장이 시인의 처소이다. 견자는 장애물이 없는 곳이 아니라 "장애물이 있는 어디"에서 '너머'를 보고, 절단된 시간의 초침 속에서 도래하지 않은 세계의 자유로운 리듬을 예감하는 자(이어야 한)다. 따라서 "풍향계는 아무래도 소용이 없"다. 그곳이 어디든 거기가 바로 시인의 처소이다. "뒤집히면 날개로 기어다니는 벌레"는 부정을 통해 긍정으로 도약하는 존재의 변증법, 시선의 변증법, 말의 변증법, 악수의 변증법, 선인장의 변증법을 기원하고 실천하려는 이 시집의 견자이다. 이 '날개-벌레'는 시집의 제목에서 표현된 '사라진 입'과 다른 게 아니다. 뒤집히지 않는 것이 중요한 것이 아니라 뒤집혀도 나는 것이 중요하다. 그것은 부정을 통해 긍정하는 변증법적 비상이고 불가능한 종류의 고난을 담지하는 자이다. 선인장의 사막의 윤리와 벌레의 윤리와 시인의 인식론이 결국 동일한 '입-선언' 안에 있다.

2000년대 선배 한국시가 보여준 형이상학과 감각의 정치를 계승하면서도 다른 방향을 향한 신두호의 '손가락'이 다른 미래로 막 '우산'을 펼치려는 중이다. 거기에서 우리는 '변증법적으로' 다시, 새롭게, 만날 수 있을까.

咸燉均 | 문학평론가

　권태 속에는 위안이 있을 것만 같았다. 지겨움이 지겨워
지지 않을 때까지 같은 곳을 볼 수 있기를 바랐다. 모든 일
이 순조로워 보였다. 해에게서 지겨움이 느껴지지 않았다.
항상 같은 자리에서 나뭇잎들이 흔들렸다. 곧 한번의 바람
이 모든 잎들을 앗아가버렸지만, 맹목적인 앙상함만이 이
제 그곳을 대신하고 있다. 내가 보아온 모든 것들에 제자
리를 돌려주었다면 권태를 가질 수도 있었을 것이다. 다만
지워지지 않는 얼룩에 자주 사로잡히곤 했다. 빛을 밝히고
어둠을 더욱 어둡게 하며, 번져나가는, 호흡과 늘 함께였다.

2017년 4월

신두호

창비시선 407

사라진 입을 위한 선언

초판 1쇄 발행 / 2017년 4월 17일

지은이 / 신두호
펴낸이 / 강일우
책임편집 / 박지영
조판 / 박아경
펴낸곳 / (주)창비
등록 / 1986년 8월 5일 제85호
주소 / 10881 경기도 파주시 회동길 184
전화 / 031-955-3333
팩시밀리 / 영업 031-955-3399 편집 031-955-3400
홈페이지 / www.changbi.com
전자우편 / lit@changbi.com

ⓒ 신두호 2017
ISBN 978-89-364-2407-7 03810